KB120831

매화꽃에 날아든 나비 당신이 보낸 봄인 줄 알겠습니다

천년의시 0158

매화꽃에 날아든 나비 당신이 보낸 봄인 줄 알겠습니다

1판 1쇄 펴낸날 2024년 5월 27일
지은이 전남용
펴낸이 이재무
기획위원 김춘식, 유성호, 이형권, 임지연, 차성환, 홍용희
책임편집 박예솔
편집디자인 민성돈, 김지웅, 정영아
펴낸곳 (주)천년의시작
등록번호 제301-2012-033호
등록일자 2006년 1월 10일
주소 (03132) 서울시 종로구 삼일대로32길 36 운현신화타워 502호
전화 02-723-8668
팩스 02-723-8630
블로그 blog.naver.com/poemsijak
이메일 poemsijak@hanmail.net

전남용ⓒ, 2024, printed in Seoul, Korea

ISBN 978-89-6021-765-2
       978-89-6021-105-6 04810(세트)

값 11,000원

매화꽃에 날아든 나비
당신이 보낸 봄인 줄 알겠습니다

전 남 용   시 집

천년의 시작

시인의 말

어제는
험난한 산맥이었다
물 위를 걸어왔다
땅속을 기어 왔다
절벽을 기어올랐다
허당 위에 집을 지었다
허당 위에 누워 자고 먹고 걸었다
그렇게 나는 왔다
나의 곁으로

2024. 5. 5.
전남용

차 례

시인의 말

제1부

제2부

제3부

제4부

해　설

제1부

애호박

아욱국에
썰어 넣고 끓이면 좋을 것 같아서,
선심을 쓰듯 천 원을 주고,
애호박 하나 샀습니다

그런데
무슨 일인지
차일피일 미루어져
애호박은 냉장고 신세를 져야 했습니다

일주일이 지나서
아욱을 씻고,
애호박을 꺼냈는데
애호박이 자기 몸을 반이나 먹어 치웠습니다

애호박도
무척이나 속상했나 봅니다

냉장고

채소며
과일은
최소 단위로 삽니다

그래도
반은 냉장고 안에서
버려집니다

함께
먹을 사람이 없다는 것
외로움입니다

봄

노란 꽃망울이
쪼그리고 앉아
바닥에 봄이라고 쓴다

아 네가 봄이구나!

눈가에 젖은 노란 복수초가 피었다

빈집

홀로 사는 사내는
몇 개 안 되는 살림살이에
시와 함께라면
괜찮다고
홀로
사제司祭의 길을 걸어왔습니다

그러나 집은
생각이 다른 것 같습니다
여자의 빈자리가 크다고

혼자인 집은
늘 홀로
외로울 때가 많았습니다

안경을 잃어버렸습니다

아침에 나는 어떤 모습이었는지 보지 못했습니다
서둘러야 할 이유도 딱히 없었습니다
일상적인 하루의 시작이었습니다

집에 왔을 때 나는 잃어버린 얼굴이 있다는 것을 알았습니
다 친숙하지 못한 거울이 요즘 당신의 얼굴이 궁금하지 않습
니까 하고 묻기에 나는 그냥 미안하다고 말했습니다 앞으로
는 그리하겠다고 말은 하곤

나는 혹시나 하는 마음에 매달렸습니다
내가 집 안에 없는 얼굴을 집 안에서 찾고 있을 때
바람처럼 현관문을 박차고 들어와
노숙에 지친 그가
내게 하룻밤 숙박비를 청구해 왔습니다

도서관

작은
소리도 크게 들리는 곳입니다

—연필 놓는 소리 의자 고쳐 앉는 소리 책장 넘기는 소리

그러나
아무 소리도 듣지 못한 사람도 있습니다
자작나무 숲에 혼자 온 것 같습니다

그렇게
깊어질 수 있는 것은
꿈꾸는 시간입니다

모두 그 별을 기다릴 테지요

—홀로 빛나는 것은 여행자의 별입니다
뭔가 찾는 사람들 앞에 나타나는 별은
우리와 함께 떠나고 싶어 하는 별입니다

그 별이 있는 곳에 나의 별이 있습니다

겹치는 부분

우린 겹치는 부분으로 있었습니다
우린 겹치는 부분이 많았기에 행복을 찾은 듯했습니다
붉은 겹꽃잎처럼

꽃은 늘 먼 곳을 바라보았지요
겹치는 부분이 많아 어쩔 수 없다는 생각도 했습니다
외출에서 돌아와 떠나고 없는 꽃을 보았습니다

나는 곧 겨울이 올 것을 알고
마당으로 나가
떨어진 꽃잎들을 쓸어 모았습니다

흰 눈발이 창을 두드리고
침대는 차가워졌습니다
흰 눈 속에 산새 한 마리 날아와 웁니다

그 여자

흔들림으로 흔들림으로
서 있다가 그 흔들림으로

나는 다른 여자를 사랑하고,
다른 누군가가 그 여자와,
내 과거 속에 살고,

현실 속에 그 꽃은,
어디론가 자꾸 버스를 타고,
한 번 간 적 없는 바다를 찾고

멀어지는 뱃고동 소리에
동백꽃 떨어지고
동박새 울 때

동백섬 근처 정류장에 그 여자 오늘도 혼자 서 있습니다

늦게 가는 우체통

만나는 사람도 없이 종일 서 있는
하릴없이 바다만 바라보고 서 있는
우체통이 있습니다
전해 주어야 할 그리움의 무게가
그리 간단치가 않아서
종일 서 있다 보면
짧아 보인 다리가 아파 보입니다
그렇게 1년을 꼬박 서 있습니다
(지금쯤 당신이 이 편지를 읽고 있을까요)
'쏴아' 하고 달려오는 하얀 파도 소리를
얼른 편지봉투에 담아 봉하고는
사파이어처럼 슬픈 물빛을 당신에게 보냅니다

흑두루미

흑두루미가 솜털 같은 새끼 네 마리를 낳았습니다
갓 낳은 새끼 세 마리를 남겨 두고
날카롭고 긴 부리로 새끼 목을 비틀어
이리저리 바위에 내리치고 있습니다
—뭐야, 저것!
믿을 수 없는 일이!
참혹한 잔인함이 카메라에 담겼습니다
날카로운 긴 부리로 갓 낳은 새끼 목을
이리저리 바위에 내리치고 있습니다
목이 꺾인 새끼는 죽어 흐느적거리고
흑두루미가 왜 저러는지
남아 있는 새끼 세 마리에서
그 이유를 찾았습니다
새끼 세 마리를 살리는 일이었습니다
어미의 단호한 결정이었습니다

매화꽃에 날아든 나비 그대가 보낸 봄인 줄 알겠습니다

이맘때면

매화꽃에 날아든 나비 그대가 보낸 봄인 줄 알겠습니다

보내온 봄은 늘 당신의 부재 속에 핍니다

당신의 부재不在 속에 봄은 젖은 꽃망울을 터뜨립니다

—흔들리는 저 '마음' 상하지 않게 잡을 수 없을까요

흔들리는 것은 '나비'인데 왜 꽃 홀로 붉어지는 걸까요

꽃대 하나가 한없이 올라갔다

꽃대 하나가 마냥 한없이 올라가 기린의 목처럼 길어졌습니다

사는 곳이 못마땅한 여자의 긴 목처럼 길어진 꽃대가 무서워졌습니다

어느 날 덜렁 꽃을 피우고 떠나 버릴 것 같아서

나는 창문을 열고 물을 주고 말을 거는 것조차 조심스러웠습니다

소금쟁이

떨어지는 빗방울인 줄 알았습니다

올려다본 하늘은 마냥 푸르기만 했습니다

나는 또 파란 하늘 속을 들여다보고 말았습니다

슬픔은 빗금 치는 흰 별들로 가득했습니다

저리 가벼이 헤엄쳐 가는 것 지난날의 사랑입니다

두고 온 여인

꽃그늘 아래 널 두고 오는 것이 아니었다

주소가 없는 꽃에게 마음을 주는 것 아니었다

짧은 시간에 깊어진 마음 미루나무 꼭대기에 걸린 흰 구름 같구나

너 얼마나 허망해할까 개울물 앞에 멍하니 선 네 모습 선하구나

아침이면 흐르는 개울물 앞에서 우린 자주 마주치곤 했다 개울물에 얼굴을 씻고 돌아섰는데 불쑥 내게 수건을 내밀었지

평화로운 곳에 두 사슴이

두 사슴이 뿔을 맞대고 치열하게 싸우고 있습니다
뿔을 잃은 사슴이 암컷을 차지했습니다.
하나를 잃고 하나를 얻었습니다

잃어버린 뿔은
내 몸에도 있습니다
그러나 나의 꽃사슴들은

언제부터 대도시에만 살았는지 모르겠습니다

제2부

끈

마로니에공원입니다
앉았다가 갈까 해서 잠시 앉았습니다

끈 하나가 끈질기게 새를 쫓고 있습니다
끈 하나가 쪽발이처럼 끈질기게 따라붙었습니다
끈 하나가 저리 무서운 짓을 할 줄 몰랐습니다
끈 하나가 발목 하나를 빼앗고도 남은 발목마저 요구하고
있습니다

바닥을 잃은 새가 날아올랐을 때 친숙한 나무도 놀라 중심
을 잃고 흔들렸습니다

비둘기

광장에서
비둘기 한 쌍이 사랑을 나누었다
부끄러움을 모르나 봐,
부끄러움을 모르는 감정感情이 사랑이다

그걸 아는 순간, 사랑은 멀어져 버린다

소녀

누가 잊고 두고 간 이어폰 옆에 어떤 소녀가 앉아 있었다
가난한 소녀였는데 소녀는 갈등하고 있었다
소녀는 떠나지 못하고 있었다

소파 1

길가에 소파 가족이 나와 있습니다
벌써 여러 날 먼지를 뒤집어쓴 채 서 있습니다
어디로 가긴 가야 할 텐데 다음 행선지도 모르는 채 서 있
습니다
그렇게 비에 젖는 날이 여러 날입니다
빗속에 그 가족들 처분만 바라고 있습니다

소파 2

가죽 색色이 저리 멀쩡한데
사람 귀한 줄 모르듯 어제가 쉽게 버려졌습니다
작다면 모를까 저리 큰 사람들을

좁은 집 안에 들어갈 수나 있을는지 모르겠습니다

빈 곳에 꽃이 피었다

헌신짝에 꽃 피듯 빈 깡통에 채송화가 피었다
제법 그럴듯한 정원의 식구가 되었다
쓸모없는 것도 관심으로 채워지면 꽃이 핀다

빈 곳에 핀 꽃이 더 예쁘다 더 예쁘다

개인 방송

마을버스 정류장에 할머니 한 분 신문에 얼굴을 박고 한 자 한 자 소리를 내어 읽고 있습니다
저 글자를 읽기까지 구십 년이라는 야속한 세월이 흘렀다
온 세상에 알리고 싶어 하는 저 기쁜 소리

—세종대왕님도 눈 떠지는 소리!

사람들은 잠시나마 서서 슬픈 귀를 가졌다

개

지방 도로 위에 개 한 마리가 떠나지 못하고 있습니다
벌써 몇 달째 개 한 마리가 떠나지 못하고 있습니다
아차 하는 순간 꼬리뼈가 달리는 자동차에 부서질 뻔했
습니다
그런데도 개는 떠나지 못하고 있습니다
추위와 굶주림에 개는 마포 걸레처럼 너덜너덜해졌습니다
오늘도 개는 누군가를 기다리고 있습니다
오늘도 개는 오직 한마음으로 기다리고 있습니다
아 저런 믿음은 오직 하나님밖에 없습니다

종로 경찰서

불 꺼진 '종로 경찰서'를 봅니다
일제 때 악명 높은 '잔인한 고문실'
이제 불 꺼졌습니다

이제 쫓기던 독립투사들도
더 이상 쫓기지 않아도 될 것 같습니다
안중근 의사도 조만간 자신의 유골 상자를 들고 찾아올 것
만 같습니다

* 종로 경찰서 이전 공고가 붙었다(2022. 12. 10).

고양이들

봄입니다
희고 아름다운 고양이는 예쁜 새끼들을 아홉 마리나 낳았지요.
아 건강한 봄을 낳았지요
봄은 언제나 고양이들에게 좋은 계절이죠
그러나
구멍은 캄캄해요
구멍은 그저 숨을 죽이고 있네요
그렇게 마냥 숨어 때를 기다리는 걸까요
그러는 사이에
계절은 다시 봄입니다
출구 없는 골목은 늘 흰 고양이들 차지죠
희고 아름다운 고양이는
예쁜 새끼들을 아홉 마리나 낳았지요.
아 건강한 봄을 낳았지요
봄은 언제나 고양이들에게 좋은 계절이죠
그러나 구멍은 캄캄해요
캄캄한 구멍은 그저 캄캄해요
아직도 기회를 엿보고 있는 걸까요
아니면 아홉 개의 젖 중에서 한 개의 젖을 내줄 때를 기다리
는 걸까요

아 특혜란, 저런 봄이고,
저런 어둠입니다

일요일

마을버스 정류장은 떠날 사람들로 서 있습니다
일요일에 떠날 사람들로 서 있습니다

홀로
눈길을 밟고 올라간
하얀 숲속에 산새 한 마리 호롱 호롱 날고 있습니다

개를 끌고 나온 한 여자가 하얀 눈 위에 개똥을 두고 떠납니다
춥고 눈 오는 날 아무도 없다고 그래도 되는지 모르겠습니다
불러야 할까요 불러 세워야 할까요 두고 가는 것 위에 눈이 쌓이고 있습니다
불러야 할까요 불러 세워야 할까요 그러기에는 좀 멀어져 버렸습니다

한편으로는
고요가 깨질 때 무너지는 풍경들을 생각했습니다
무거운 잠에서 겨우 잠든 나무들을 깨울 필요가 없다고도 생각했습니다

겨울 숲속에서

눈 위에 한 사람의 발자국이 너무 무거워 보였다
온몸이 푹푹 빠져들고 있었다 그렇게
숲에서 발자국은
얼어붙은 호수를 가로질러 가고 있었다

그 너머에 작은 불빛이 초조함에 떨고 있었다

예쁘게 칠을 한 빨간 새집

빨간 새집이 나무 위에 있어요
예쁘게 칠한 빨간 새집이 나무 위에 있어요
1년이 지났지만
입주자가 한 명도 없네요
자연은 인간의 집처럼 화려하지 않지요
자연은 있는 듯 없는 듯 서로 어울리죠

욕망처럼 예쁜 저 집에 새가 와 살까요

뒤란에 지는 동백꽃

앞마당은 늘 소란스러웠습니다
앞마당은 늘 사람들로 북적거렸습니다
앞마당은 늘 바쁘게 흘러갔습니다
앞마당은 늘 시끄럽게 떠들어 대는 사람들로 가득했습니다
그렇게 뒤란을 잊고 살아온 날
뭔가 잊고 있다는 생각에
나는 홀로 뒤란에 가 보았습니다
그늘지고 어두운 쓸쓸한 뒤란은 동백꽃 홀로 뚝뚝 지고 있
습니다
사랑하지 못한 붉은 꽃송이들 뚝뚝 지고 있습니다
사랑받지 못한 날들이 송두리째 떨어지고 있습니다
내 청춘이 홀로 아파하고 있습니다

낮달

—어젯밤의 달이 투명한 얼굴로 서 있었습니다

나는 그만 들어가라고 했습니다. 그 후로도 한참을 홀로
서 있었습니다

나는 어여 들어가라고 손짓했습니다. 막상 그 모습 보이
지 않으니

나는 서운한 감정이 먼저 들었습니다. 그리고 그 마음을
알 것도 같았습니다

제3부

그렇지만

어쩌면 거리에서 우린 만났는지 모릅니다
어쩌면 우린 서로 눈빛을 주고받았는지 모릅니다
그렇지만 우린 서로 묻지 않았고
그렇지만 우린 서로 지나쳤고
그렇지만 우린 아무 일 없다는 듯
그렇지만 우린 만난 적 없는 사람들처럼
그렇지만 우린 뒤돌아보았고
그렇지만 우린 서로 보지 못했고

길 위에서 길을 묻다

길은 끊임없이 말을 걸어온다 아무도 없는데 누군가가 있
다 물웅덩이에 떨어진 흰나비가 구원을 요청해 온다 나는 달
려가 흰나비를 구한다 (걱정 마, 젖은 날개는 곧 마를 거야)
산등성이에 올라서자 큰 바위가 앉아 갈 것을 권한다 나는 사
양치 않고 큰 바위 곁에 앉았다

길은 끊임없이 말을 걸어온다 산등성이에서 뻐꾸기가 운
다 고향의 뻐꾸기가 날 부른다 그러나 나는 갈 수가 없다 (세
탁기 안에 서로 뒤엉켜 발들이 돌고 있기에……) 언뜻 같아
보인 두 길이 점점 간격이 벌어진다 그리고 예상치 못한 곳에
나는 떨어졌다 그때부터 내 발은 무거워진다 나의 시간은 어
두워진다 어두운 산길을 급히 내려오는데 누가 옷깃을 붙잡
는다 나는 더럭 겁이 났다. 그렇지만 나는 용기 있게 말했다.
무례하군요, 당신, 설령 귀신인들…… 날 붙들 권리는 없죠.
그럼, 이만, 나는 거칠게 손길을 뿌리쳐 버렸다 내 옷은 찢어
졌고, 나무들은 황당함에 서 있었다.

길은 끊임없이 말을 걸어온다 나는 풀숲을 허둥지둥 밟아
대고 있었다 그때 불쑥 하얀 개망초꽃이 길과 함께 나타나 시
골 처녀처럼 웃고 서 있다 그렇게 반가울 수가 없다. 고맙다

는 말도 못 하고, 나는 서둘러 떠나야만 했다. 이번엔 예고도 없이 큰 강물이 앞을 가로막고 있다 물 위의 길은 사라져 버렸다 한달음에 달려갈 수 없는 거리가 존재했다

—큰 강물이 들려주는 소리가 있다

이처럼 멀리 나와 들을 수 있는 소리가 있다 한번은 내게 상처을 주고 떠났던 사람들 그 사람들이 그리워진다 용서하고 사랑하고 그리워진다 너무 가까이 있어 볼 수 없었던 사람들 이게 비움이고 용서고 사랑이다 너무 가까이 있어 보이지 않던 사람들 이리 와요, 이제 이리 와요 나는 소중함들을 되찾았다 이제 나는 포옹할 수 있다 사랑할 수 있다 그러려면 나부터 사랑해야겠지

한번 걸어 본 길

한번 걸어 본 길은 다시 걷기가 쉽지 않지요
언제 우리가 이 길을 또 걸어 보겠어요
한번 걸어 보겠노라고 말을 할 뿐
비우고 채우는 것은 가을만이 할 수 있는 일이지요
천천히 걷고 있으면 많은 것들이 말을 걸어온답니다
물론 일일이 대답할 필요는 없겠지요
그러나 지금 당장은 아니라도 언제고 말은 해야 할 겁니다
침실에 누워 있거나
커피를 마실 때
뭔가 좋은 생각이 떠오를 수 있거든요
하여간 언제고 한 번은 말은 해야 할 거예요
그게 인생 아니겠어요
뭔가 확연히 알려고 한다면 우리 천천히 걸어요
우리가 천천히 걸어도 끝은 보일 것이고
우리가 바삐 걸어도 가서 할 수 있는 일이 거의 없답니다
과정이란 정상보다 더 아름다운 것을
우린 왜 잊고 사는지 모르겠어요
우리 천천히 걸어요 우리가 언제 이 길을 또 걸어 보겠어요

잊힌 길

어떤 길은
피어남과 시들어 가는 아름다움으로 가득 차 있습니다
불그스레하게 풀 이파리 물들어 가고 있습니다
꽃 몇 송이가 마지막 벌들을 불러들이고 있습니다
늦은 나비는 가는 가을을 슬퍼하고 있습니다
이 오솔길로 내가 막 들어섰을 때 나를 부르는 소리에
나는 가던 길을 멈추고 되돌아 나올 수밖에 없었지요
아쉽지만 언제고 꼭 한번 걸어 보겠다고 하고
나는 동료들이 있는 곳으로 돌아갔지요.
이처럼
허락되지 않은 길이 있습니다
언젠가 꼭 한번 걸어 보고 싶다던 그 길은
어디서 버스를 탔나
강원도 어디였나
이제 장소마저 가물가물합니다
그렇지만 가끔 그 길이 생각납니다
그렇지만 가끔 아름다워 그 길이 생각납니다

사랑

무겁다
가슴속의
그 말들……

그리고
그 장소들……
수줍어하는 장미들
작은 꽃송이들

겨울

서둘러 가는 어두운 불빛들
서둘러 멀어지는 거리에
휑한 바람은
추위 타는 고양이처럼 옷깃 속으로 파고들고
작은 돌멩이도 제법 무게를 잡고 서서 두리번두리번거린다
거리가 하소연 반 협박 반으로 털린다
얼어붙은 돌의 붉은 피(血)를 핥기 위해

물뱀

시골 냇가를 찾았습니다
이쪽에서 저쪽으로 가려고 하는데
비포장길에 빗물이 고여 갈 수가 없었습니다
신발을 벗고 바지를 걷어 올리고
진창 속에 발을 담가야 했습니다
우린 생각 끝에
논두렁길로 가기로 했습니다
논두렁길은 한 사람 지날 수 있는 좁은 폭이었습니다
앞쪽은 내가 뒤쪽은 친구가 그렇게 둘이 푸른 논두렁길 위를 걸어갑니다

논두렁길을 절반쯤 왔을 때 논두렁길 위에 쉬고 있는 뱀을 보았습니다 뱀도 나를 보고 나도 뱀를 보았습니다 서로가 놀라 뒤로 물러났습니다

나는 "뱀이다!" 소리쳤고 놀라 뱀도 재빨리 푸른 벼 포기 속으로 달아났습니다

뒤쪽에 있는 친구가 "어디, 어디?" 하고 내 등 뒤에 바짝 붙었지만 그는 뱀을 보지 못했습니다

뒤쪽에 있는 친구는 무서워하면서도 뱀을 보고 싶어 했습니다

앞쪽의 사람은 뱀을 보았고 뒤쪽의 사람은 뱀을 보지 못했습니다

새 한 마리

허공의 전깃줄에 앉아 뭘 기다리는 걸까요

아득한데 오기는 오는 걸까요

뭔가 반짝이나 싶었는데 높이 날아오른 고추잠자리입니다

아 가을입니다

할머니 옷고름에 고추잠자리 한 마리 내려앉았습니다

간이역

큰 가방을 들고 내린 코스모스가 내 사랑이었으면

챙이 넓은 모자를 쓴 들꽃이 내리면

내릴 사람 올 사람 없는데

나는 한 그루 미루나무처럼 서 있습니다

아지랑이

가만가만
마른 풀 밟고 오는 천사의 소리
짤랑짤랑 열두 칸 봄의 문 열리는 소리

하얀 와이셔츠

한 여자가 옥상에 올라와
어젯밤의 슬픔에 젖은 억눌림을 탁탁 털어 버리고
하루의 시작을 알린다 저 하얀 깃발들은

용서의 깃발이다 평화의 깃발이다 화해의 깃발이다
학교에서 돌아오는 아이들 얼굴이다
그리고 한 사내의 얼굴이다

옥상은 그녀가 지키는 성루다
어젯밤의 싸움에 흘린 눈물을 승리로 이끄는 장소이기도 하다

그녀가 올린 평화의 깃발에─하늘은 눈부시게 화답해 온다

그렇게 그녀는 한 송이 목련꽃으로 피어난다
그녀는 가볍게 춤을 추어 보는 거다

바다에 와서 작은 별을 찾다

바다는 한 방울의 물방울에도 넘치려고 합니다 그러나 깊어질 뿐 바다는 결코 넘치지 않습니다 먼 길을 날아왔을 바닷새들 내려앉을 나무 한 그루 없습니다 시큼한 물결이 위안이라면 위안입니다

푹푹 빠지는 발자국마다 바닷물이 고여 들고 새는 왜 한 발을 가슴에 숨기고 서 있는 걸까요 바다에 와서 한번 울어 볼 일이다 한 방울의 눈물로 바다를 넘치게 하라 시리도록 차가운 물결이여

심연 깊은 곳에서 홀로 조용히 떠오르는 작은 별을 보았습니다 어데서 잃어버린 작은 별인가 홀로 떠돌았을 우주의 미아여

너 없었다면 어떻게 방향을 찾고 이렇게 걸어올 수 있었겠는가 고맙다 살아 있어 줘서 고맙다 어릴 적 내 작은 별이여

그리고 이제 너
성숙한 나의 별이다
너에게서 튼튼한 근육이 느껴지는구나 북극성에 비견될 만

하구나 고맙다 살아 있어 줘서

고맙다 어릴 적 내 작은 별이여

산책길에서

덩치 큰 한 사내가 산처럼 쿵쿵거리고 뛰어옵니다 그리고 그 곁에 주먹만 한 작은 강아지가 함께 뛰어옵니다 산처럼 덩치 큰 사내가 사랑한 강아지가 작아도 너무 작아 보는 사람들의 웃음을 자아냅니다

—순수한 관계란 크기의 차이가 아닌가 봅니다

하나는 산처럼 쿵쿵거리고 하나는 흰 깃털처럼 콩콩거립니다

나쁜 사내

마로니에공원에

한 아가씨가 시린 발 동동거리고 섰습니다

한 아가씨가 30분을 발 동동거리고 섰습니다

그렇게 기다리고도 10분을 더 기다리고 섰습니다

키 큰 한 사내가 다가와 "좀 늦었지" 하고 처녀는 고개만
끄덕입니다

사내는 좀 걷자고 하고 처녀는 말이 없습니다

사내는 춥지 않느냐고 묻지도 않고 외투를 벗어 줄 줄도
모릅니다

사내는 따뜻한 카페 안으로 들어가자고 말하지도 않고

그저 눈이 좋다고 걷기만 하고 처녀는 추위에 떨며 걷고
있습니다

저런 사내가 뭐가 좋다고 함께 걷고 있는지 모르겠습니다

아니 왜 만나는지 모르겠습니다

숟가락

한 개뿐인 숟가락과
나는 평생을 입 맞추고 살아왔다
근데 오늘 아침은
보이지 않습니다
싱크대 위며
바닥이며 여기저기 찾아도
보이지 않습니다
꼭 토라진 여자처럼,
어디 숨었는지,
보이지 않고
출근 시간은
다가오고
어찌어찌 밥은
삼켰는데
된장국은 여전히 숟가락을 찾고 있습니다
당신이라는 여자,
정말, 이럴 거예요,
냉큼 나와요.
어서요!
그렇게

내가 문을 쾅 닫고
나가 버리면,
홀로
울고 있을
내 숟가락이여

제4부

어떤 정책

무지개가 떴을 때
소문처럼 아름다운 무지개를 보기 위해
그곳에 날개가 부서진 사람들이 왔습니다

그러나 소문처럼 아름다운 무지개는
들어갈 수도 나갈 수도 없는
미로 같은 구조로 버티고 있었습니다

무지개는
언제나 방치된 꿈처럼
먼지만 쌓여 갔습니다

무지개는
언제나 부서진 별들처럼
녹슬어 가는 어두운 곳이었습니다

어머니의 나라

어머니의 나라에
모성母性이 죽고
자애慈愛가 죽고
사랑이 죽고
방치가 자란다
무관심이 자란다
폭력이 자란다
학대가 자란다

어머니의 나라에
사랑이 죽고
미움이 자란다
증오가 자란다
속임수가 자란다
음모가 자란다
독毒이 자란다

어머니의 나라에
사랑이 죽고
황금이 자란다

소설이 자란다
살벌하다
주먹질이 난무한다
오 허구가 더 사랑받는 사랑이여

고층 아파트

높이에 더 견고해진 인간의 닭장은
알 낳는 방식方式이 같아지고
아침을 구박하고,
위아래로 쪼는 수법이 같아지지

흰 달이 고층 창가에 목을 매달고,
대응對應하는 방법도 같아지고,
소비하는 인식認識의 구조도 같아서,
매일 삐악삐악거리지

이웃의 부유한 여자들은
마네킹처럼 뻣뻣하게 목을 세우고
깨지기 쉬운 유리알 같은 그 얼굴들은
하나 같이 팔에 유명 S사의 백을 걸고 나서지

새벽은 달인지 태양인지 모를 것들이
늘 컵라면을 손에 들고 졸고 섰고
암울한 하늘은 내려앉을 곳 없는 새 한 마리
키 큰 조각상 머리에 흰 똥을 누지

\>

밤은 좁은 철문들이 도미노처럼 열리고,
잔뜩 멋 부린 수탉들이 화려한 밤거리를 메운다
열이면 열 얼빠진 암탉들이 현실에 없는 별을 찾고
골목은 하나둘 조등弔燈을 내걸지

슬픈 종소리

어떻게 하면
그 큰 손으로 아기를
때릴 수 있을까요

어떻게 하면
그 큰 손으로 아기를
굶길 수 있을까요

어떻게 하면
그 큰 손으로 아기를
가방에 가둘 수 있을까요

어떻게 하면
그 큰 집 안에 아기를
혼자 둘 수 있을까요

아기가 우는 곳에 슬픔이 있습니다

이웃이여, 귀 기울여 주세요.
그리고 의심스러우면 전화하세요,

경찰이 그 집 문을 두드릴 겁니다
학대가 아니라도, 조심하게 될 것입니다.
배고픈 아기에게 우유를 줄 것이고
빵을 주는 것을 잊지 않고,
아기를 혼자 두는 일도 없을 겁니다

먹방 TV

안방에
전 세계가 들어앉아
야금야금 꾸역꾸역 지구를 먹어 치운다
저렇게 웃으면서
구워 먹고
쪄 먹고
볶아 먹고
튀겨 먹는다

그 시각, 다른 TV는

말라비틀어진 아기들이 보수도 없이 출연하고

터질 듯한 배는 풍선처럼 터지려 한다

잔인한 파리 떼가 눈을 파먹고

안방에
전 세계가 들어앉아
야금야금 꾸역꾸역 지구를 먹어 치운다.

저렇게 웃으면서
구워 먹고
쪄 먹고
볶아 먹고
튀겨 먹는다
그렇게 먹고도
부족해 한밤중에
배달시킨다
10분도 안 돼서,
구워진 돼지들이 닭들이 소들이 해산물들이
뚝딱, 한 상 차려진다

그 시각, 다른 TV는

뿔을 잃은 코뿔소가 갈기갈기 독수리 떼에 찢기고

맨발의 작은 아이가
손에 망치를 들고
돌을 깨고 있다

열세 그루의 플라타너스에 대해

복잡한 전선들 때문에 어쩔 수 없다는 생각도 했습니다
많은 가로수가 복잡한 전선과 함께 엉키듯 살아왔으니까요.
가지 치는 일이 좀 불편했을 겁니다. 그렇다고 50년 이상
한 지역을 지켜 온 큰 나무들이
사라진다는 것은 생각할 수가 없습니다
아침 출근길은 모두 바쁘게 흘러가야 했습니다
그리고 큰 나무들은 언제나 우리 눈높이에서 벗어나 있었지요
그 큰 나무들이 하루아침에 베어지리라곤
아무도 의문을 갖지 못했습니다
그것은 수요일 아침에 보이지 않는 것 같습니다
황량한 거리가 눈에 띄지 않을 수 없었습니다
큰 나무가 해체되는 시간은
반나절은 걸릴 것입니다
그러나 그 큰 나무들이 베어지는 것을
아무도 본 사람이 없다는 겁니다.
집단이 아니면 불가능했습니다
구청에 전화를 넣고 따질까도 했습니다
그러나 큰 나무들은 이미 베어지고 없습니다
큰 나무들은
행정 구청이 함부로 할 수 있는 일이 아닙니다

사업 공고를 하든, 나무들을 이전시키든 해야 했습니다
그러나 아무도 보지 못했다는 것은 의심의 여지가 없습니다
그것은 첩보 작전을 방불케 하듯 일요일 아침에 베어졌습니다.
아름드리 플라타너스가 살아온 시간을 생각한다면
가진 자의 욕심은 참으로 무섭습니다
건물을 가린다는 이유로 나무들은 베어졌습니다
그리고 우리는 그 나무들을 지켜 주지 못했습니다

어느 날 공원에 버려진 중년의 사내

아파트의 여자들은 툭하면 내다 버린다

멀쩡한 가구들을, 오래된 가구들을, 싫증 난 사내를 갈아치
우듯 내다 버린다

흠집이 나서 유행이 지나 용량이 작아 색이 변해서

갖가지 이유가 밖에 버려진 가구들보다 더 많다

한 여자가 이웃의 여자들을 불러 놓고 오늘 산 대형 냉장고
를 자랑한다

여자들은 버리지 못해 속상해하고

짜증 내고 우울해한다

한 여자가 잔뜩 벼르고 있다 오늘은 기어코 결판을 내겠다고

돌아올 남편을 기다리고 있다

직장에서 돌아온 사내는 묻지

꼭 그렇게 버려야 했어!

어떻게…… 1년이 못가지……

그렇게 어느 날 공원에 버려진 늙은 사내에 대해 묻지

아직도 쓸 만한 중년의 사내에 대해 묻지

모두가 건너간 저편에

도로 중앙선 위에 그가 혼자 서 있습니다 5분 늦는 건 괜찮겠죠 하지만 인생에 있어 매시간 5분씩 늦어야 한다면 얘기는 달라지지요

"이제 건너가도 좋습니다" 그가 다시 걷고 있습니다 그가 건너기도 전에 다시 빨간불이 그를 세워 둡니다

도로 중앙선 위에 그가 혼자 서 있습니다 5분 늦는 건 괜찮겠죠 하지만 인생에 있어 매시간 5분씩 늦어야 한다면 얘기는 달라지지요

도로 중앙선 위에 그가 혼자 서 있습니다 집에서 늘 2시간 일찍 나오지만 교실에 들어설 땐 늘 5분 늦은 출석 그래도 그는 이렇게 교실에 앉아 있는 것이 행복하답니다

우는 처녀

구멍가게 앞에 한 처녀가 앵앵거리고 웁니다
꽃다운 처녀가 앵앵거리고 웁니다
뭔가 부족해 보인 처녀가 웁니다
야, 이년아, 뭔가 부족해 우느냐고,
옆에 섰던 할머니가 묻습니다.
처녀는 몸을 비틀고 '남자'라고 말합니다
뭔가 부족한 것은 알겠는데,
뭔가 부족한 것이 '남자'인 줄은 몰랐습니다
그래도 이 처녀는 뭔가 아는 처녀입니다
어쩐지 잔 다르크를 떠올리게 합니다
혼기가 찼으니, 시집보내 달라는 겁니다
야, 이년아, 남자가 있어야지,
달랠 걸 달래라……
이 할미는 그런 재주가 없다!
처녀는 부끄러움 없이 앵앵거리고 웁니다
어찌 알았을까요, 그 곁에
누군가가 있어야 한다는 것을
밤이면 몸이 우는 꽃 소리를 들었을까요

사과와 이미지

하얘질 리 없는 붉은 얼굴에 흰 붕대를 감았어요

사과에 오목한 부분이 있다면,
그건 슬픔이에요
사과에 허리가 있다는 말을
나는 아직 듣지 못했어요

그러나 시대적 상황이란 말로 본질을 망각하지 말아 주세요
사과와 뱀은 타락한 지상이 아닌가요
숲은 순진함을 갈망했어요
어딘가에 그 나무들은 존재했었다지요

그리고 이 하얀 병원들은
귀를 잃은 해바라기를 사랑했다지요

중형 냉장고

어떻게 올라올 수 있었을까요

아니 여기까지 올라오는 동안 얼마나 많은 것을 버려야 했을까요

도시를

버리고

이웃을 버리고

나를 버리고

그 모든 것을 뒤로하고,

텅 빈 몸이 되었을 때

삼겹살과 술은 버릴 수 있어도

쉬어 빠지기 쉬운 콩나물은 김치는 버릴 수가 없거든요

그리고

울고불고했을 아이들 스티커가,

목숨 줄 같은 코드(電線)를 뽑아 버리고,

냉장고가 산을 오른다는 말은 생生을 이반하는 일이지요.

결국 뜻을 이루지 못하고 깊은 산 중턱에 버려진 중형 냉장고

이처럼 이질적인 적敵이기에

풀잎들이 일제히 달려들고 목을 비틀고 망가뜨린다고 해도

가만히 흙이 그 발목을 덮어 준다고 해도 합이 될 수 없는 것은 폐허로 남아 있습니다

풀빵 한 개

누가 풀빵 한 개를 내게 준다
내키지 않았지만 그가 웃고 있기에
나는 맛있게 먹었다

누가 풀빵 한 개를 또 내게 준다
역시 내키지 않았지만 그가 웃고 있기에
나는 거절할 수가 없었다

이처럼 거절하기 힘든 풀빵이란 것이 있다
그가 웃고 있기에 풀빵이 아직 따뜻하기에
나는 뿌리칠 수가 없었다

이걸 한번 먹어 본 적 없는 사람에게
누가 풀빵 한 개를 준다 그가 입에 물고 있던 담뱃불을
발로 비벼 끄고는

주먹을 날린다
"이 개새끼야, 이걸 먹으라고……"
도대체 그가 무슨 잘못을 했단 말인가?

아니라고 합니다
—명품

한 여자아이가 외친다 아니라고 아니라고 외친다
나는 아니라고 외치지만 그 말을 믿어 주는 사람이 없기에
한 여자아이가 끌려간다 가난한 여자아이가 끌려간다……

코트 입은 여자가 진실인 양 그쪽에 모두 줄을 섭니다
명품 백을 든 여자가 진실인 양 그쪽으로 모두 줄을 섭니다
아니 모두가 그렇게 믿고 싶어 합니다
아니 모두가 그렇게 믿고 싶어 할 때

자신의 결백을 주장하고
풀려난 여자아이가
주저앉아 운다
초라한 옷차림에 운다

—사과 한마디 하지 않고 꿋꿋하게 서 있는 저 사람들을 위해

주저앉아 운다
힘겹게 구한 일자리를 잃은 슬픔에 운다
하루치 일당 때문에 운다
초라한 옷차림에 운다

의심

이 나무는
한번 싹이 트면 무섭게 자란다
이 나무는 거대한 먹구름 같아서 걷잡을 수 없는 바람 같아서
상대를 치명적인 상처로 무너뜨리고
그 자신의 뿌리마저 흔들고 나서
이 나무는 죽는다
이 나무가 무서운 것은
이 나무가 자라는 것을
아무도 보지 못한다는 것이다

좋아하는 것들

소유할 수 없는 것을 좋아한다

―해 달 별

모두에게 소유권이 있는 것을 좋아한다

―산 바다 강 들

나를 소유한 이 대지를 좋아한다

나를 소유한 이 푸른 행성을 좋아한다

사랑은 가끔 혼자 있고 싶어 합니다

사랑이 여기 잠시 있어,
나 잠깐 약국에 좀 갔다 올게 하면
잠시도 그는 혼자 있지 못하고,
그새 뒤따라와 약국 앞에 서 있다
그건 사랑이 아니다

사랑은 어린아이가 아니다
사랑은 보호가 필요한 어린아이가 아니다
잠시도 홀로 두지 못하는 사랑은
스토커다 집착이다

사랑은
가끔 혼자 있고 싶어 한다
가끔 혼자 책을 읽고 싶어 한다
가끔 혼자 산책을 하고 싶어 한다

사랑은 그를 믿고 기다려 주는 것

지우개와 연필 관계

연필과 지우개는
좋은 짝이다
연필의 실수를
지우개가 지워 준다

그렇게
둘은
늘 새롭게
시작을 할 수가 있다

인생을
살면서
전혀
실수 안 할 수 있나

내가 틀렸을 때
내 실수를 지워 줄
지우개가 있다는 것
행복이다

>
오늘의
나의 실수를
지우개가 지우느라고
머리가 깨질 지경이다

깨진 머리로 지우개가 울 때
연필은 곰곰이
자신의 잘못을,
반성해 보는 거다

그리고 좋은 게 없을까
지우개에게 깜짝 놀란
장미꽃을 선물하는 일,
터진 종이처럼 지우개가 웃는다

내일이 끝이라면

내일이 끝이라면
나는 한 편의 시를 쓸 것이다
그것 외에는 달리 할 것이 없다는 것을
나는 잘 알고 있다

내일이 끝이라면
뭘 할 수 있겠어,
우는 것 외에는.
할 수 있는 일은
그리 많지가 않다

내일이 끝이라면
그는 술을 찾을 거라고 했고
그는 마지막 순간까지
여자의 허리를 놓지 않겠다고 했다
그는 여행을 떠날 거라고 했다

내일이 끝이라면
그대는 뭘 할 것인가
할 수 있는 일이란

그리 많지가 않다

내일이 끝이라면
솔직히 뭘 해야 할지 모르겠어
굴이라도 파야 하나?
내일이 끝인데?
그래도 어딘가에 한 그루 사과 나무는 남겠지

새

한 얼간이 새 때문에
내가 울고 있다
내 실수다

내 마음속에 울고 있는 새

그리고 밖에 앉아 있는 새들에게
행운을 빈다

겹침으로 다시 피어나는

방승호(문학평론가)

1.

　"노란 꽃망울이/ 쪼그리고 앉아/ 바닥에 봄이라고 쓴다"
(「봄」). 시인은 봄을 말한다. 작은 기척이 움트는 계절, 그 안에
서 피어나는 무한한 가능성을 시인은 우리에게 펼쳐 보인다.
그간 전남용 시인이 말해 왔던 것이 소외된 존재의 생명력과
본질이었다면 이번 시집에서는 그 존재론적 가치와 역량을 끌
어올리기 위해 대상을 응시하는 시각의 다양화를 꾀한다. 이
를 위해 그가 취하는 방법 하나는 물질의 움직임을 포착하는
것이다. 시인은 정지한 현상보다 흔들리는 사태를 말하고, 시
간의 고정성을 현상하기보다는 미묘한 흐름으로 촉발되는 움
직임을 이야기하려 한다. 이는 "흔들림으로 흔들림으로/ 서
있다가 그 흔들림으로"(「그 여자」) 시작되는 일을 언어화하는 작
업이라 할 수 있다. 비인간 자연물의 작은 움직임에서 창출되

는 서정의 역학. 이것이 지금껏 전남용 시를 지탱해 온 파토스의 핵심이다.

> 노란 꽃망울이
> 쪼그리고 앉아
> 바닥에 봄이라고 쓴다
>
> 아 네가 봄이구나!
>
> 눈가에 젖은 노란 복수초가 피었다
>
> ―「봄」 전문

시인은 봄을 말하기 전에 계절을 지각하게 하는 기척을 먼저 꺼내 보인다. "노란 꽃망울이/ 쪼그리고 앉아" 있다는 표현처럼 시인은 어떠한 사태를 특정한 개념으로 정의하지 않고, 현상에 드러나는 미묘한 변화를 비유적 표현으로 형상화한다. 위시에서 눈길이 가는 부분은 봄의 기척을 우리에게 전하는 방식이다. 시인은 계절이 당도함을 말하기 위해 비인간의 역량을 빌린다. 그는 자연물을 객체가 아닌 주체의 자리에 놓으며 관념의 틀을 허문다. 자연물의 시각으로 적어 보는 '봄'의 서정은 이성적 진술이 담을 수 없는 새로운 의미를 생성한다. 봄은 겨울과 여름 사이를 이르는 개념에서 벗어나 꽃이 주체가 되어 무엇이든 해 보는 가능성의 시간으로 대체된다.

전남용 시에 등장하는 소외된 존재들은 점차 후경이 아닌

전경에서 숨겨진 역량을 발휘한다. 꽃이 주체가 되어 "봄"이라고 적어 볼 수 있도록 시인은 타자를 위해 자신의 자리를 기꺼이 내어 주기 때문이다. 이러한 시도는 인간과 비인간, 주체와 타자가 서로 공존하는 계절로서 봄을 바라보게 한다. 그의 시에서 봄의 의미는 서로 마주하는 가운데 새롭게 구성된다. 함께하는 두 존재가 끊어질 듯 다시 겹쳐지는 생의 감각. "멀어지는 뱃고동 소리"(「그 여자」)처럼 아득해진 떨림을 회억하고 다시 고백하는 서정. 이러한 겹침과 떨림의 역학으로 시인의 언어는 쓰인다.

헌신짝에 꽃 피듯 빈 깡통에 채송화가 피었다
제법 그럴듯한 정원의 식구가 되었다
쓸모없는 것도 관심으로 채워지면 꽃이 핀다

빈 곳에 핀 꽃이 더 예쁘다 더 예쁘다
　　　　　　　　　　　　　　　　—「빈 곳에 꽃이 피었다」 전문

'빈 곳'과 '핀 꽃'은 한곳에 담기 힘든 어휘지만, 시인은 이러한 이질적인 요소들을 모아 새로운 의미를 창출한다. 쓸모없는 곳에서 꽃을 피울 수 있고, 비어 있는 곳에도 아름다움이 담길 수 있다는 의미가 이곳에 생성된다. 빈 곳에서도 무엇인가 일어날 수 있다는 가능성이 함께 생긴다. 그런데 정작 우리의 시선이 닿아야 하는 곳은 꽃을 피운 이후다. 생장을 개시한 물질에게 발아 후 성장이 중요하듯이, 꽃은 피어난 이후에 더 많은 관심이 필요하다. 꽃은 관심과 함께 피지만, 이윽고 관심이 멀어지면 다시 시들기 때문이다. 꽃에 피움과 시듦의 의미가 함께 새겨져 있다면 이러한 까닭에서다. 남겨질 것을 아는 존재의 생성은 이렇듯 그 이면에 근원적 슬픔을 내재하고 있다. 꽃의 우울. 다시 말해 꽃의 멜랑콜리는 생장하는 모든 물질에 잠재된 슬픔이면서 삶의 숙명을 표상하는 정동(affect)과 다름없다.

이번 시집에서 시인의 시선은 표면과 함께 이면을, 현재와 과거를, 그리고 아름다움과 슬픔을 동시에 향한다. 시인은 봄의 기척과 생동을 이야기하면서도 그 이면에 있는 소외된 존재의 아픔을 함께 조명한다. 이러한 타자의 아픔은 사회적, 구조적 차원의 모순과 함께 시적 알레고리로 나타나기도 한다(제4부「고층 아파트」「어느 날 공원에 버려진 중년의 사내」 등에서는 현대인의 스노비즘과 더불어 사회 구조의 총체적 문제를 꼬집는다). 중요한 사실은 시인이 삶의 밝은 부분뿐만 아니라 그 이면에 있는 그늘을 함께 응시한다는 점이다. 시인은 꽃이 생장함에 따라 새겨지는 슬픔의 무늬를 함께 말한다. 전남용은 상승과 하강을 함께 이야기하고, 현존과 함께 부재를 말한다. 그는 단면만을 말하지 않는다. 좋은 시인은 대체로 양면을 말한다.

2.

시집을 읽을수록 마음에 걸리는 무엇. 그것이 이따금씩 우리의 마음을 신경 쓰이게 해 마냥 편치 못한 이유는 무엇 때문일까. 그것은 노란 복수초의 '젖은 눈가'(「봄」)에 새겨진 눈물 자국에서 드러나듯이, 그가 형상화하는 물질의 역량 이면에 존재가 겪어 온 슬픔이 공존하기 때문일 터이다. 동전의 양면처럼 꽃이 필수록 조금씩 선명해지는 그늘의 흔적. 시인이 응시하는 대상에게서 비롯되는 이러한 변증은 시간이 지날수록 내부에서 표면으로 외화되는 양상이다. 서로 사랑할수록 다가올 이별에 대한 두려움이 함께 커지듯이.

꽃대 하나가 마냥 한없이 올라가 기린의 목처럼 길어졌습니다

사는 곳이 못마땅한 여자의 긴 목처럼 길어진 꽃대가 무서워졌습니다

어느 날 덜렁 꽃을 피우고 떠나 버릴 것 같아서

나는 창문을 열고 물을 주고 말을 거는 것조차 조심스러웠습니다
　　　　　　　　　　　　　　　　—「꽃대 하나가 한없이 올라갔다」 전문

"꽃대 하나가 한없이 올라갔다"라는 말은 사는 곳이 못마땅해 길어진 여자의 목처럼 켜켜이 쌓여 온 멜랑콜리를 함의한다. 마냥 길어지기만 해서 가늘어진 긴 꽃대는 위태롭지만, 위

태로운 만큼 더 무섭게만 느껴진다. 꽃이 자랄수록 두려움은 함께 커진다. 데리다의 전언처럼 새로운 만남에는 '언제나 이미(always already)' 슬픔의 싹이 움튼다. 이러한 생장의 역설은 생성과 함께 사라짐을 예기하게 하고 만남과 함께 다가올 이별을 걱정하게 한다. "덜렁 꽃을 피우고 떠나 버릴 것 같아서" 보이는 존재 앞에서 "창문을 열고 물을 주고 말을 거는 것조차" 쉽지 않다는 화자의 고백은 거짓이 아니다. 꽃이 핀다고 해서 모든 시간이 아름다워지는 것은 아니다.

이번 시집에서 화자는 '꽃'을 자주 바라보지만 결코 그 꽃을 잡거나 꺾지 않는다. 그 앞에서 시인이 하는 일은 아름다움 속에 도사리는 슬픔을 위태롭더라도 바라보는 일뿐이다. 시인은 물질에 겹쳐진 슬픔을 응시한다. 이러한 모습은 꽃의 표면을 개념화하고 이를 의도적으로 쟁취하려는 주체 권력에서 벗어나, 꽃에 내재한 숙명과 아픔을 함께 견디어 보는 시간성을 지향한다는 점에서 유의미하다. 물질의 역량을 인간의 고정된 시각으로 포획하지 않는 시 쓰기. 이것이 시인이 질서와 대면하는 방식이다.

> 만나는 사람도 없이 종일 서 있는
> 하릴없이 바다만 바라보고 서 있는
> 우체통이 있습니다
> 전해 주어야 할 그리움의 무게가
> 그리 간단치가 않아서
> 종일 서 있다 보면

짧아 보인 다리가 아파 보입니다

그렇게 1년을 꼬박 서 있습니다

(지금쯤 당신이 이 편지를 읽고 있을까요)

'쏴아' 하고 달려오는 하얀 파도 소리를

얼른 편지봉투에 담아 봉하고는

사파이어처럼 슬픈 물빛을 당신에게 보냅니다

— 「늦게 가는 우체통」 전문

일정한 초침으로 규정되는 세계에서 언어의 무게를 견디며 서 있는 것은 우체통이다. 우체통은 전해야 할 언어만큼의 기다림과 그리움을 짊어지고 있다. 모든 것이 빠르게 진행되어야 인정받는 현실이지만 우체통은 서두르는 법이 없다. 그리움의 무게를 디지털 메커니즘에 따라 단편적이고 순간적인 언어로 환원하지 않고 그저 시간의 무게만큼 겹겹이 쌓이도록 기다린다. 이러한 점에서 우체통의 비유는 시인의 시 쓰기와 닮아 있다. 있었던 그 자리에서 하루, 한 달, 1년을 꼬박 서 있는 것. 그러면서 자신에게 주어진 슬픔의 흔적을 타자에게 전하는 일. 설령 이것이 오랜 시간에 걸쳐 이뤄지는 일일지라도.

그러므로 우체통이 짊어진 슬픔은 시인이 감당해야 할 숙명적 슬픔으로 다가오고, 우체통이 담고 있는 편지는 시인이 전하고자 하는 메시지와 다름없게 느껴진다. 그렇게 우체통의 비유는 객체의 그리움에서 주체의 그리움으로, 하나의 슬픔에서 또 하나의 슬픔으로 전이되는 방식으로 질서에 균열을 낸다. 이것은 화자가 대상을 바라보는 형식을 취하지만, 응시함으로써 내부에 은폐된 존재론적 아픔을 함께 나누는 연대를 일으킨다. 무조건적 경쟁 속에 독자적 생존만을 추구하는 작금의 방식과는 다르게, 주어진 시간의 중력을 최대한 느끼는 방식으로서의 공존이 가능해진다. 이러한 연대 안에서 누군가의 아픔은 더 이상 가볍게 다뤄지지 않을 것이다. 애도에는 아픔의 무게 만큼 충분한 시간이 필요하다. 슬픔을 감당할 만한 충분한 기다림이 필요하다.

3.

슬픔이 공존의 원리라면 그 슬픔은 어디에서 오는 것일까. 확실한 사실은 시인이 응시하는 대상에 슬픔이 내재한다는 것과 그러한 사물들이 유난히 시인에게 빈번하게 포착된다는 것이다. "함께/ 먹을 사람이 없"(「냉장고」)는 현실이 시인에게 외로움을 부여하지만 그럴수록 시인은 질서의 경계에서 배회하는 존재를 호명하고 내부에 잠재된 슬픔을 언어화한다. 세계의 슬픔이 역설적으로 시인의 언어를 축적하고, 축적된 언어의 지층이 다시 세계의 슬픔을 직면하게 하는 동력이 된다.

길가에 소파 가족이 나와 있습니다
벌써 여러 날 먼지를 뒤집어쓴 채 서 있습니다
어디로 가긴 가야 할 텐데 다음 행선지도 모르는 채 서 있
습니다

그렇게 비에 젖는 날이 여러 날입니다

빗속에 그 가족들 처분만 바라고 있습니다

—「소파 1」 전문

    시인은 길거리에 피어 있는 '꽃'(「그 여자」)에서부터 하늘의
'별'(「도서관」), 길가에 나와 있는 '소파 가족'(「소파 1」)과 같은 고독
의 표상을 모은다. 그리고 그것으로부터 자신의 내면을 비추
어 본다. 거리의 풍경과 잔해는 "여러 날 먼지를 뒤집어쓴 채
서 있"는 모습으로 드러나고, 화자는 이러한 이미지에 자신의
삶을 투영하며 그 흐름에 참여한다. 중요한 것은 거리의 풍경
을 지속적으로 받아들이는 일이 자신의 슬픔을 재생함과 동시
에 시 쓰는 시간을 유예하게 한다는 점이다. 아픔을 직면하는
게 삶의 양분이 되는 역설이 그의 시를 지탱한다. 이러한 흐름
이 중요한 이유는 무엇일까.

    그것은 역설이 주체의 마음을 다시 동원하고 움직이게 한다
는 점에 있다. 역설에 내재하는 삶의 모순은, 서정적 주체가
격렬하게 꿈꿨던 상상들, 다시 말해 그간 퇴적된 사랑과 이별,
성공과 실패, 삶과 죽음과 같은 시간의 지층을 다시 자각하게
한다. 역설이 필요한 것은 이러한 까닭에서다. 세계에 잔존하
는 이미지는 역설과 각성을 계기로 다시 위태롭게 이어진다.
서정은 이러한 역설과 잔존을 토대로 망각의 경계에서 위태롭
게 매달려 있는 조각들을 다시 회억하게 한다. 시간의 타자가
존재하는 곳으로 흐르는 정동. 그렇다면 시인이 감염된 슬픔
이 흐르는 곳은 어디일까. 그곳은 현재가 아닌 과거에 있으며

시간의 표면이 아닌 이면에 존재한다. 타자는 뒤에 있다. 기억의 뒤에 있다.

> 앞마당은 늘 소란스러웠습니다
> 앞마당은 늘 사람들로 북적거렸습니다
> 앞마당은 늘 바쁘게 흘러갔습니다
> 앞마당은 늘 시끄럽게 떠들어 대는 사람들로 가득했습니다
> 그렇게 뒤란을 잃고 살아온 날
> 뭔가 잊고 있다는 생각에
> 나는 홀로 뒤란에 가 보았습니다
> 그늘지고 어두운 쓸쓸한 뒤란은 동백꽃 홀로 뚝뚝 지고 있
> 습니다
> 사랑하지 못한 붉은 꽃송이들 뚝뚝 지고 있습니다
> 사랑받지 못한 날들이 송두리째 떨어지고 있습니다
> 내 청춘이 홀로 아파하고 있습니다
> ─「뒤란에 지는 동백꽃」 전문

뒤란은 '뒤 울타리 안'을 뜻하지만 위 시에서는 삶의 중심에서 벗어난 공간을 의미한다. 시끄러운 앞마당과는 다르게 조용히 잊혀 가는 기억의 저편을 시인은 뒤란이란 말로 비유한다. 눈길을 끄는 점은 뒤란에서 화자가 직면한 광경에 있다. "쓸쓸"하고 "그늘지고 어두"운 뒤란에서 "동백꽃"이 "홀로 뚝뚝 지고 있"었기 때문이다. 마치 뒤란에 가면 늘 그 장면이 반복될 것인 양 그곳을 채우는 하강 이미지. 이는 대체로 절망과

아픔, 이별을 의미하지만 위 시에서는 충분히 사랑으로 채워지지 못한 지난날을 비유한다는 점에서 다르다. 자아의 구석에 자리 잡은 결핍, 그리고 이러한 결핍을 상징하는 낙화는 시인이 겪어 온 상처와 아픔을 나타낼 터이다.

스스로 타자와 직면하는 일이 고되더라도 시인은 세계를 탐닉하고 곳곳에 고여 있는 슬픔을 수면 위로 꺼내기를 멈추지 않는다. 왜일까. 이러한 조각들이 "사랑받지"도 "사랑하지"도 못한 꽃잎의 비유로 다시 토양에 내리면, 그것이 다시 자양분이 되어 미래 시간의 씨앗으로 쓰일 것이라는 믿음이 있기 때문이다. 이로부터 희망을 이야기하자는 진부한 얘기가 아니다. 떨어진 꽃잎은 일 년 후 또다시 떨어질 꽃잎이 될 것이다. 다만 떨어진 만큼이나 누군가에게는 꽃이 피기를 기다리는 시간 또한 함께 온다. 그것을 말하는 것이다. 기다린 만큼 다가오는 것. 아파한 만큼 아려 오는 것. 이러한 환멸적 보존이 역설적으로 사랑을 피울 것이니까. 사랑은 환멸과 공존하니까.

4.

사랑과 환멸의 역설은 존재의 앞과 뒤, 기억의 안과 밖을 뒤흔들고, 이러한 전복과 함께 잊었던 것들마저 감각의 층위로 쏟아져 내린다. 이렇게 봄이 가고 겨울이 다가온다면, 아니 겨울이 왔다면 어떤 모습이었을까. 여기 겨울을 이야기하는 시 한 편이 있다.

나는 곧 겨울이 올 것을 알고

마당으로 나가

떨어진 꽃잎들을 쓸어 모았습니다

흰 눈발이 창을 두드리고

침대는 차가워졌습니다

흰 눈 속에 산새 한 마리 날아와 웁니다

　　　　　　　　　　　　　　　　　—「겹치는 부분」 부분

　전복과 함께 닫혔던 시간이 열리고 기억이 새어 나오면, 하얀 겨울이 눈앞에 있다. 화자는 "마당으로 나가/ 떨어진 꽃잎들을" 쓸어 모은다. '꽃'의 아름다움 속에 슬픔이 내재함을 상기한다면, 그리고 그것이 관심과 함께 피고 시드는 존재임을 기억한다면, 지금 화자의 행위는 그저 떨어진 꽃을 거두는 게 아님을 짐작할 수 있다. 화자는 지나간 봄과 함께했던 사람, 그렇게 나눴던 사랑과 환멸, 아름답고도 슬펐던 시간을 모으는 중이다. 한 사람과 또 한 사람, 꽃과 눈, 봄과 겨울이 겹쳐 있는 시간. 자신에게 가장 황홀했던 기억과 슬픔의 시간이 함께 공존하는 겨울의 한 장면을.

　시간의 겹침. 이것은 크로노스 시간 질서에 열림을 일으키며 상징계 이면으로 사라졌던 기억을 재생하게 한다. 이러한 겹침에서 다시 균열이 일어나고 균열과 함께 떨림이 느껴지기 시작한다. 흔들리는 만큼 마음에 갇혔던 말들이 새어 나온다. 꽃잎이 떨어진 자리에 비가 내리고 다시 싹이 움튼다. 움츠렸

던 존재들이 움직이기 시작한다.

> 이맘때면
> 매화꽃에 날아든 나비 그대가 보낸 봄인 줄 알겠습니다
> 보내온 봄은 늘 당신의 부재 속에 핍니다
> 당신의 부재不在 속에 봄은 젖은 꽃망울을 터뜨립니다
> ─흔들리는 저 '마음' 상하지 않게 잡을 수 없을까요
> 흔들리는 것은 '나비'인데 왜 꽃 홀로 붉어지는 걸까요
>
> ─「매화꽃에 날아든 나비
> 그대가 보낸 봄인 줄 알겠습니다」 전문

시적인 것은 겹침과 떨림으로 피어난다. 겹친다는 것은 사랑과 환멸이 공존하는 주체와 타자의 시간을 의미하며, 떨린다는 것은 이러한 역설이 질서에 작은 균열을 일으킬 수 있다는 사실을 가리킨다. 서정이 동일성에 포획되지 않고 상징계에 열림을 일으키는 방법은 이러한 겹침과 떨림을 언어화할 때 가능해진다. 은폐된 존재들의 시간을 기억하고 스스로 타자가 되어 떨림을 말하는 일. 사랑과 환멸이 겹쳐 있는 미묘한 균열 지점에서 비로소 시는 바깥으로 배태된다. 누군가의 '부재'로부터 역설적으로 피어나는 게 있다면, 그것은 존재의 아름다움에서 슬픔을 말하고 슬픔에서 다시 봄을 말하는 시인의 언어일 것이다. 그렇게 우리는 "작은 별"(「바다에 와서 작은 별을 찾다」)이 속삭이는 먼 시간으로부터, 봄이 찾아왔음을, 그렇게 봄이었음을, 다시 한번 깨닫게 될 것이다.

천년의시인선